星星的孩子

陳銘堯
著

一本老小孩的童話詩
Poetic Fairy-Tales of An Old Fool

目次

【生之謎】

我不確定要探索的是否真的存在
也不知道在哪裡可以找到
但他似乎又是另一個我的存在
長久以來的一種渴望
催促我踏出了探索的第一步
就像面對一個難解的謎
你不知道答案是什麼
也不知道是否真有一個答案
但你第一個反應
是相信這個謎一定有一個正確的答案
這個探索就是這樣開始的
很多人做過這個探索

我也曾循著他們的足跡尋尋覓覓
而最後我發現
這是一條必須自己走出來的路
於是我朝著腳尖的方向
勇敢地邁出第一步

【序詩】靈？零？陵？

有著漩渦狀的星雲渦旋著
有白色曇花私密綻放著
如拋擲出去的陀螺般
在太虛中
萬物掙扎著一個定點
時間正於其上構築光之聖殿

當它就將完成時
只那麼絢爛奪目的一瞬
便被某種遍在的假光所吞噬
結晶般

明晃晃矗立起
方的　圓的　以及
金字塔形的玻璃巨塔
像造型簡單而龐大的積木

？

每一個靈魂
都從一束星光中誕生
喔！那亙古長存的星光
我們尚得以仰頭看見

星星的孩子啊！
星星的遠祖啊！
且點燃一根　？　形蠟燭
在吹熄它之前
不要忘記許願
——如果你知道自己要什麼

星星的孩子啊！
星星的遠祖啊！
祝你生日快樂！
祝你生日快樂！
祝你生—日—快樂—
祝你生—日—快樂—

為什麼你不快樂？
對啊！你該快樂的

相信

喔！星星的孩子
我們是生來相信這世界
並一同建構未來的
否則這一切將是多麼虛幻
星星的孩子啊
宇宙如此浩瀚深奧
你相信什麼？

你以自己為中心
為那些星座編織一些屬於你的夢和故事
年年唱著生日快樂

逆反

啊！

你太快或太慢發現

為何你和你的願望背道而馳？

為何你總是忘記那麼多生日快樂的祝福？

為何你總是不相信？

為何？

為何？？

奈何！

殘障

肉身的父母
生給你肉身
但不能生給你靈魂
因此
即使父母
即使兄弟姊妹
也都成為不同甚至完全相反的人
就算雙胞胎也一樣
所以肉身不是完整的生命
啊！原來我們生下來就是殘障
喔！可憐的孩子

可憐的父母
如果你僅僅是個殘障
喔不！
我們是來使一切完整的！

救星

喔！我們的生命
從爬行開始
如蟲一般蠕動
爬行於欲望和幻夢的叢林
爬過滿佈陷阱與荊棘的人生
喔！那夾雜著真實和幻象的世界
痛苦而又快樂蠕動的肉體
你的肉眼能看見黑夜裡指引你的那顆星嗎？
你是從一束星光中誕生的啊！

軌跡

有如天上星群中的一顆
只是孤伶伶一個人
卻也不單單你自己一個
但終究這是一個人孤單的旅程
即相信而又不相信
如盲人一般摸索

在引力和離心力的作用下
即互相吸引
又互相排斥
形成星球運行的軌跡

看哪！在浩瀚無垠的天空中
有那獨自漂流的星星
偶而也有流星劃過天空！

伴侶

喔！星星的孩子
獨一無二的生命
誰將伴你走這段路
誰將看見你看到的一切
誰將懷著和你一樣的心思
這樣默默地走著
或喧嘩地快樂地跟你一起跳著舞
或有如在黑暗深沉的太空中
和一顆孤獨的星
遙遙相望

強烈感知彼此在宇宙中的存在
那靈魂顫動的頻率

我們都是宇宙大爆炸後
星星的孩子
你該努力發現一個伴侶
而他將是在這孤寂的宇宙中
唯一能證實你存在的證人

星種

也是星星的孩子的父母
還有他們的父母　以及
他們父母的父母
無論活成什麼樣的人生
他們的生命裡
都藏有一個星星的種籽

不管你是哪一個
不管你在什麼時候
什麼境遇
一定要記得

要相信在一個時刻裡
這顆種籽總會冒出芽來

破碎的存在

從肉身來看
沒有完美的肉體
從人生來看
每一個人都是殘缺破碎的人
喔！很快就會過期
多麼浪費的生命！
我們不是常常在恐懼著衰老生病和死亡嗎？
多麼不安的存在！
要不是有那星種孕藏於生命中
那將是毫無希望的生命
那麼今夜
請抬頭看看久違的星空吧

那是不屬於肉體繁殖鏈
不滅的存在
就如那已逝去億萬年的星星
仍在夜空中閃耀

靈魂煉金術

正如欲望對肉體的誘惑和試煉
一切人生的痛苦和不幸
是靈魂煉金術的助燃劑
喔！這痛苦和怨恨的毒火
如果沒有將你焚燬
將提煉出黃金般的靈魂

嬰兒的啼哭
孩童的哭泣
暗夜獨自吞淚
星星的孩子的你

在哭泣中
看見自己的靈魂了嗎？

可能

有誰看見自己的靈魂？
有誰看見神？
而提到祂時
我們是多麼惶恐
那就是祂存在的證據

人也應該從自己的存在看見神
因為神依照自己的樣子造人
除非人是靈魂的存在
這個陳述就不能成立
如果你不相信靈魂
你如何相信神

在神的世界
靈魂有一個位置
在心靈的世界
沒有什麼是不可能的
靈魂以抽象的本質存在
因此不滅
以光的形式顯現
因此只有在黑暗中才被看見
畫家在以黑暗為背景的自畫像中
看見自己的靈魂
有的也看見神
詩人在隱藏的潛意識裡尋找靈魂的聲音
就如那盲人在黑暗中尋找光
而可憐的人類就得在假相中成長
那誠實的商人和真情的妓女

在出賣自己時
才找到自己的靈魂
也有活得很無聊的酒徒醉鬼
試圖麻醉自己以逃避現實
在搾乾酒瓶最後一滴的時刻
突然看見被遺忘的天空
喔！原來夜空如此湛藍
繁星如此華麗
他並沒有忘記

喔！頹廢的人
盲目的人
追尋那一束星光的人
不需要有一點點的懷疑
懷疑靈魂的存在

暗夜見月明

你看到了嗎？
即使在最黑暗的時刻
每一顆星都那麼清明醒覺

—月明星稀
烏鵲南飛
繞樹三匝
何枝可依—

一個詩人在某個夜晚
在明晃晃的月光下
看見迷惘的人類

找到了自己的靈魂
他是星星的孩子
並且留下他的詩
成為一束星光

星空漫步

起初，這樣思量著
使腳步感到沉重的
並非季節襲來的陰影
而是無所不在的地心引力
可是
青春年少時
雀躍的步伐
又是怎麼一回事
你還能記起嗎？
孩童快樂地跳躍著
彷彿和地心引力玩著遊戲

喔！令人感到沮喪的
不是季節
也不是地心引力
而是思想的無趣
那靈魂睡著了的人
行屍走肉般
百無聊賴地走著

頭上忽然一陣聒噪
幾隻白尾八哥在低空飛掠而過
而更高的天空
悠悠地飛著一群白鷺鷥
更高更遠的天空
盤旋著一兩隻鷹
我突然聯想起天體星球的運行

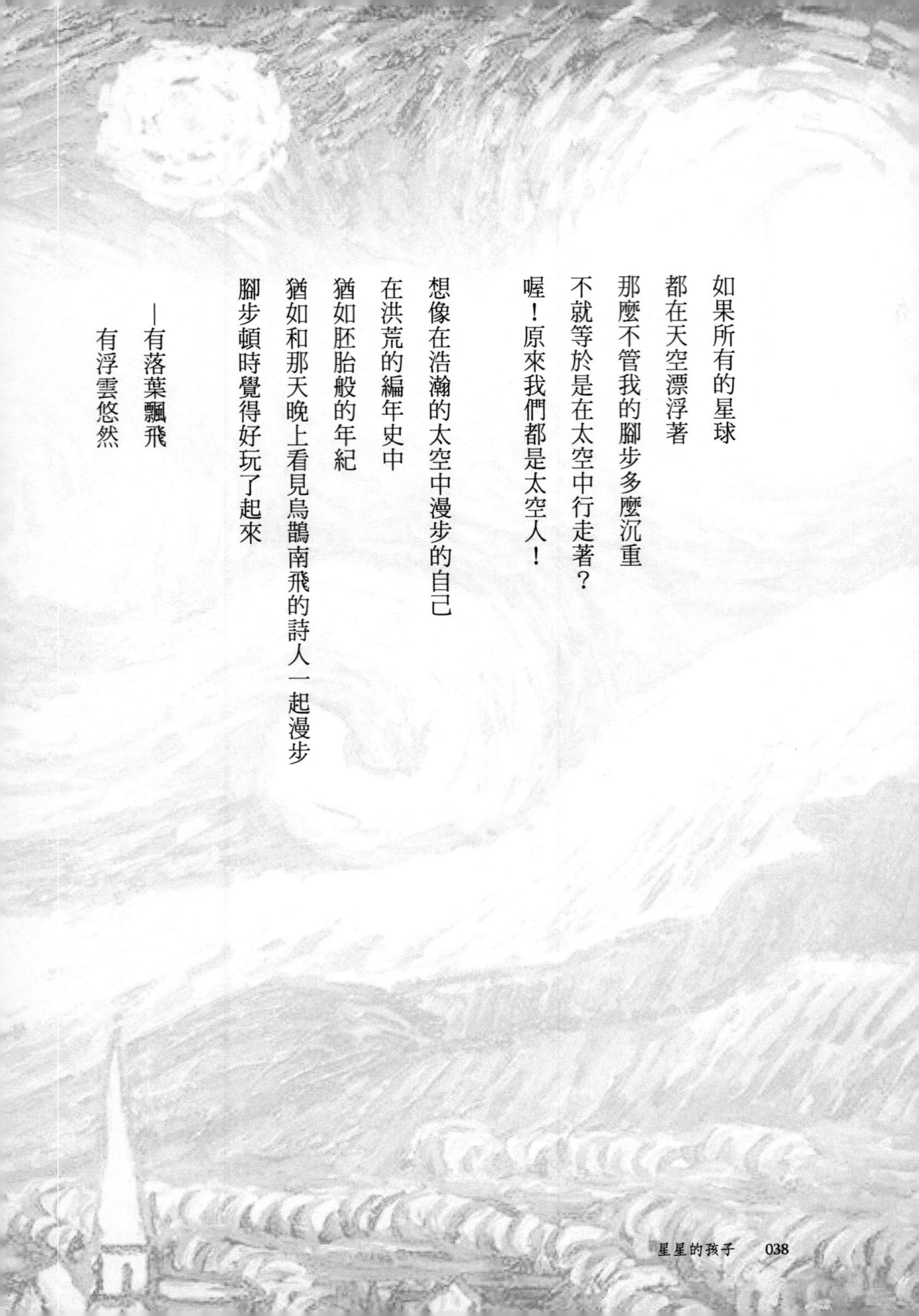

如果所有的星球
都在天空漂浮著
那麼不管我的腳步多麼沉重
不就等於是在太空中行走著？
喔！原來我們都是太空人！

想像在浩瀚的太空中漫步的自己
在洪荒的編年史中
猶如胚胎般的年紀
猶如和那天晚上看見烏鵲南飛的詩人一起漫步
腳步頓時覺得好玩了起來

—有落葉飄飛
有浮雲悠然

而在那樣的夜
親密而詩意的夜
我與群星一起在太空漫步
成年的煩憂
拋諸腦後
所有的是非善惡
在空中消散—

純然歡欣的靈魂

看哪！
所有的星星都晶亮
所有的星星都如此相似
超然而歡欣
彷彿跟你眨著眼睛
同樣是星星的孩子
為什麼有人老是訴說靈魂的痛苦？

那各種各樣的痛苦
必是來自各種各樣的肉體
跳不出動物性的肉體
是忘記超然而歡欣的靈魂

破碎而殘缺的人
啊！空虛的存在

聽！
每個孩子都在唱：

一閃　一閃
亮晶晶
滿天都是小星星

多麼歡喜啊！
他們是在唱著自己呢！

但是他們長大後
在痛苦迷惘的時候

為什麼不會這樣唱呢？

那從一束星光中誕生的孩子
應該是純然歡喜的孩子
沒有任何一顆星是痛苦的
因此也沒有任何一個靈魂是痛苦的
你必須守護你靈魂純然的歡喜
即使在渾濁的現實中
你必須感到靈魂的純淨

朝聖

星星的孩子啊！
你將要經歷的人生
是探索靈魂的奇幻旅程
你必須用朝聖的虔誠
又不失赤子之心
歡喜地唱著：

一閃 一閃
亮晶晶
滿天都是小星星

你亦將成為那永恆的星光

將靈魂誕生給每一個嬰兒
我們都是這樣來到人世的
我們都是星星的孩子！

生日禮物

為什麼每個人都哭著來？
顯然那是肉體的你在哭
為什麼你哭的時候
他們笑？
那是他們的靈魂在笑
這其中必有蹊蹺

他們送你生日禮物
就如他們的父母曾經做的一樣
這讓你好過一點了嗎？

也有那奇妙的感覺

當孩子開始給父母送生日禮物
並唱著：
生日快樂！爸爸！
生日快樂！媽媽！

靈魂之窗

純粹得沒有任何概念
不含任何雜質
初誕兒的眼睛
如無底洞
向那浩瀚星空
那永恆的靈泉
汲取靈魂的活水
星星的孩子啊！
你長大後
你的眼睛也該保持純潔和清澈

純淨

不知曉任何事物
沒有任何情感
這第一眼看到的宇宙
就是你所有的知識
所有的感情
喔！宇宙的嬰兒
星星的孩子
多麼純淨的生命
大家都搶著要香香你
然而
你能保持你靈魂的芬芳到什麼時候呢？

第一課

是誰在啼哭？
在如此靜謐的夜晚

是自己嗎？
喔！是第一次感覺到肉體的自我
第一次感覺到存在
還有宇宙的深邃和漠然
對於這肉體的不適
幾顆星星從很遠很遠的天邊
冷冷眨著眼
沒有任何話語
沒有任何慰藉

嬰兒只有自己停止啼哭
這是他學到的第一課
來自自己的靈魂

夢中的星星

又睡著了
記憶著這一切
編織成夢
不著邊際的夢

此後將有無數次的睡眠
做著各種各樣的夢
還有那星星
喔！永恆的存在
永恆的指向
各種各樣的商品上

也貼了好多好多星星
在互相撕殺的各種國旗
也畫上了星星

遺忘

再次全自動醒來時
天也全自動地亮了
夜間的宇宙不見了
星星也躲起來了
也再次被遺忘了

喔！全自動的遺忘
星星的孩子還不知道什麼該記住
什麼該遺忘
喔！把那些污染靈魂的東西都忘掉吧！

蜘蛛織著網

像蜘蛛織著網
編織著八卦的夢
在夜裡捕捉逃得遠遠的星星
清晨凝結在網上的點點露珠
在朝陽中折射七彩的光芒

喔！星星的孩子
學會了織網
也學會了捕捉想逃走的星星
並學會了捕捉一種無來由的幸福感
或許靈魂也能帶給肉體這種幸福感
看！他臉上正洋溢著朝露一般的光采

受洗

星星的孩子啊！
你不時需要回到那夜間的宇宙
需要回到那浩瀚星空
需要睡眠
需要作夢
淘洗日間污染的惡濁
不是因為累
是因為髒

獨角獸

那遠遠的燈盞
已冷冷寂滅
但總有一個心燈明亮
像怯怯伸出的手指
探觸宇宙的黑暗

曾是愛玩的年紀
少年是如何闖進夢鄉的
是否像一匹小馬
以玩耍的姿態
在星斗間飛躍

白晝裡看不見的宇宙
在某個夜晚
迷迷糊糊睡著之前
看到銀河像一縷輕煙

那時
不曉得被什麼擊中
突然感到成長的哀愁
而就像從黑暗的囊袋
看到星星穿透破洞
精神的貧窮意外得到某種歡欣

精神的乞丐

攜帶著這甩不掉的貧窮
還有這怪異的歡欣
走著自己的步態
一個人的旅程！

貪求精神的富足
把乞討的手
伸向星空
我是精神的乞丐！

可怕的貧窮

在那過份真實的夢中
被那可怕的貧窮活埋
以致於時時刻刻都感到貧窮

快要窒息了一般
拼命掙扎
拼命挖掘
一直醒不過來的夢啊！
看不見任何破洞
任何一顆星星

樹與鳥

一直倒退的夢
一個貧窮的夢
在曠野中
退得遠遠的遠遠的

也是那麼遠
一棵兀自獨立的樹
不知為何那樣顫抖著

或許是風的緣故
不止息的風
寒冷的風

或許是
一隻無依無靠的小鳥
棲息其中
止不住啼叫著
顫慄地啼叫著
彷彿是那棵樹的顫慄
那棵樹的啼叫

灰色雲層在陰霾的晚天
陰沉地變幻著
堆積著
那鳥顫抖的樣子
雖然沒能看見
卻無比真實

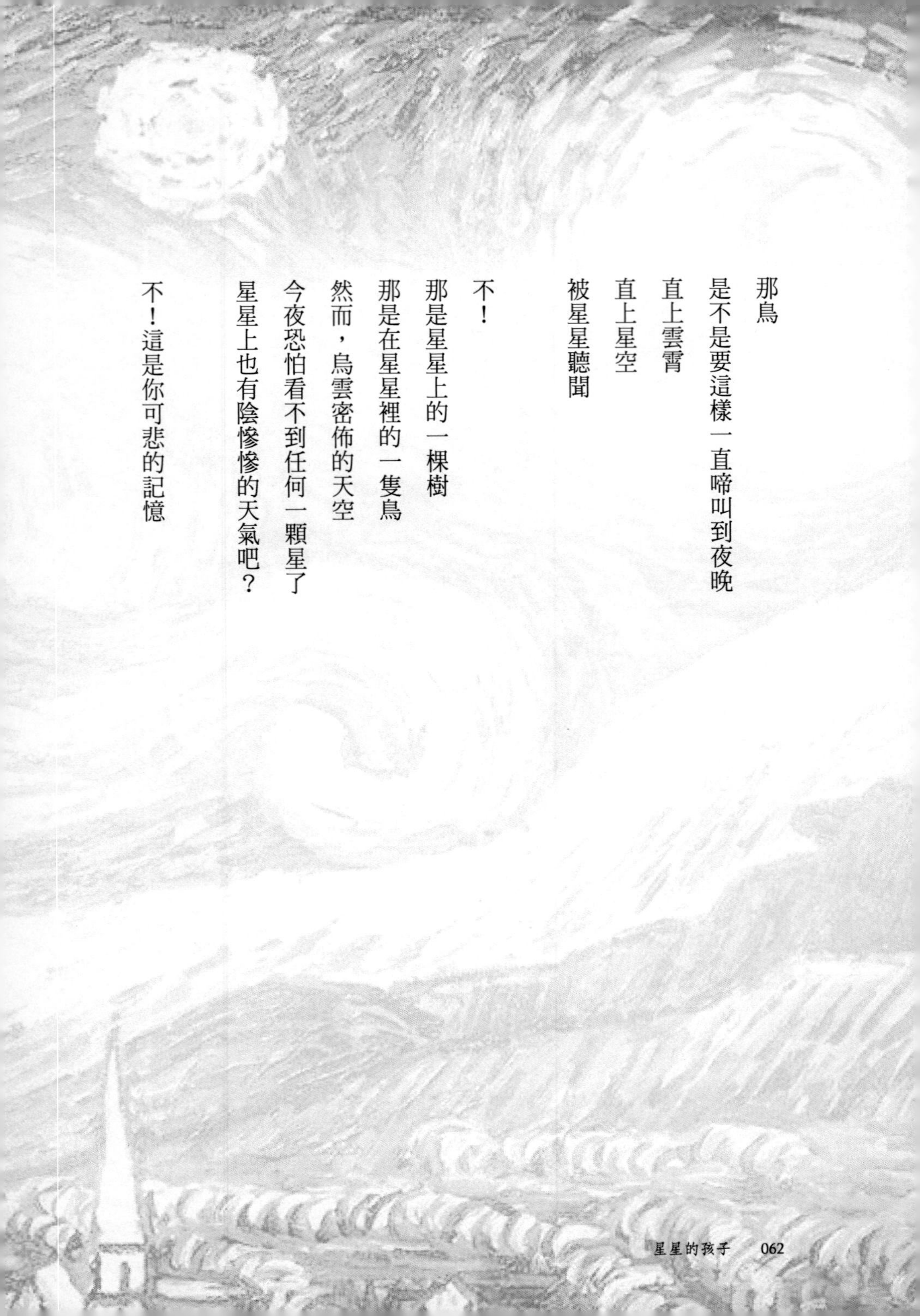

那鳥
是不是要這樣一直啼叫到夜晚
直上雲霄
直上星空
被星星聽聞

不！
那是星星上的一棵樹
那是在星星裡的一隻鳥
然而，烏雲密佈的天空
今夜恐怕看不到任何一顆星了
星星上也有陰慘慘的天氣吧？

不！這是你可悲的記憶

污染了你純粹而超然的靈魂
我相信那星星仍然晶瑩閃亮

飄零

星芒狀楓葉飄落
在時光中飄落
在多思的季節飄落
夢也飄落
痛苦也飄落
落了一地

蝴蝶

忘了去年的死亡，以及
生生世世的死亡
復活的蝴蝶
忘記去過哪裡
像宿醉的酒徒
以飄忽的醉態飛翔
尋覓釀酒的花蜜
喔！是那漫山遍野的花朵
和星種的悸動
將它的靈魂來喚醒
那蝶翅上的星星

就是昨夜星空
或者前世
烙下的胎記
啊！這個春天很快就會過去

瞎子看見光

就如那獨自流浪的星辰
你在銀河的涯岸孤獨徘徊
看起來無所事事
其實滿懷心事
揹著自尋煩惱的思想
多麼稚弱的小孩
多麼脆弱的心靈
被什麼給催眠了
居然能曖昧地活著
喔！所有的憂疑
所有的苦痛
都成了夢中的繽紛

喔！藝術家！
喔！盲人！
因著世間的混亂和黑暗
你被賦予了能看見別人不能看見的光

這沒有道理的混亂和痛苦
也只有那捉摸不定沒來由的光
以魔術將它幻化為藝術
但是這幻象
卻如此長存於心底
演出奇幻的美
證明靈魂超越的存在

在一片黑暗的世界
一個瞎子能看見別人看不見的美

多麼幸福的瞎子！
因為他是從一束星光中誕生的

浮世繪

一臉無辜與茫然
仰望天空的盲人
聽過天上人間許多事
想起什麼似地問道：
天空是什麼顏色？
旁人不假思索說：藍藍的，像大海。
他瞪大了盲眼，認真地看著天
露出卑微認命的苦笑
他也不曾見過海的顏色
但有人告訴過他
那天上教堂身上穿的，就是藍色
他想起那似喜還悲的聖樂

感覺也是藍的
而紀憶中的故鄉
海潮起落唏噓
海風凜冽

這時陽光穿透雲隙
和熙地照在他臉龐
那太陽呢？
人家說：金色，像黃金
他也不曾見過黃金閃耀
但人家把顆橙子塞到他手中說：
這是加州橙，黃澄澄像黃金
他聽說那遙遠的加州
像天堂
還有一首舊金山

唱著花、愛、與溫柔
而那橙子又酸又甜又遙遠

他又想到雲
詩人們的雲
那雲呢？
那人看著滿天彩霞
低迴又沉吟：
像路上行人們的衣裳

無法想像，也無法觸及
只是偶而飄過一陣菸味香水味
他聽著人們來來往往
各種各樣的嗓音

還有浮世的話語
在空中飄蕩

時間怪獸

穿透黑暗的光
越過幾千幾億年才到達這裡
被星星的孩子看見
他說他看見時間

大人們很訝異
因為沒有人看得見時間
他們早已被時間怪獸吞噬大半
卻還看不見時間
於是他們問小孩是誰告訴他的
小孩指著天上說：是星星告訴我的。你沒看到嗎？

從此以後詩人把時間怪獸稱做：時光
好教大家都看得見

花魂

喔！溫柔善感的人
尋找星星的小孩
看見在季節中凋萎的花蕊掉淚
星星的孩子
如果你溫柔而善感
那你一定要有一個善解而又堅強的心靈
你從一束星光中誕生的時候
許多星星也掉在花叢裡
看那花蕊如何歡欣綻放！
星星的孩子啊！
別為了他們不能長久而傷感
他們該綻放時已盡情綻放

沒有任何遺憾
而且他們早已被應許了重生
不管是什麼季節
就算只是一朵不知姓名的野花

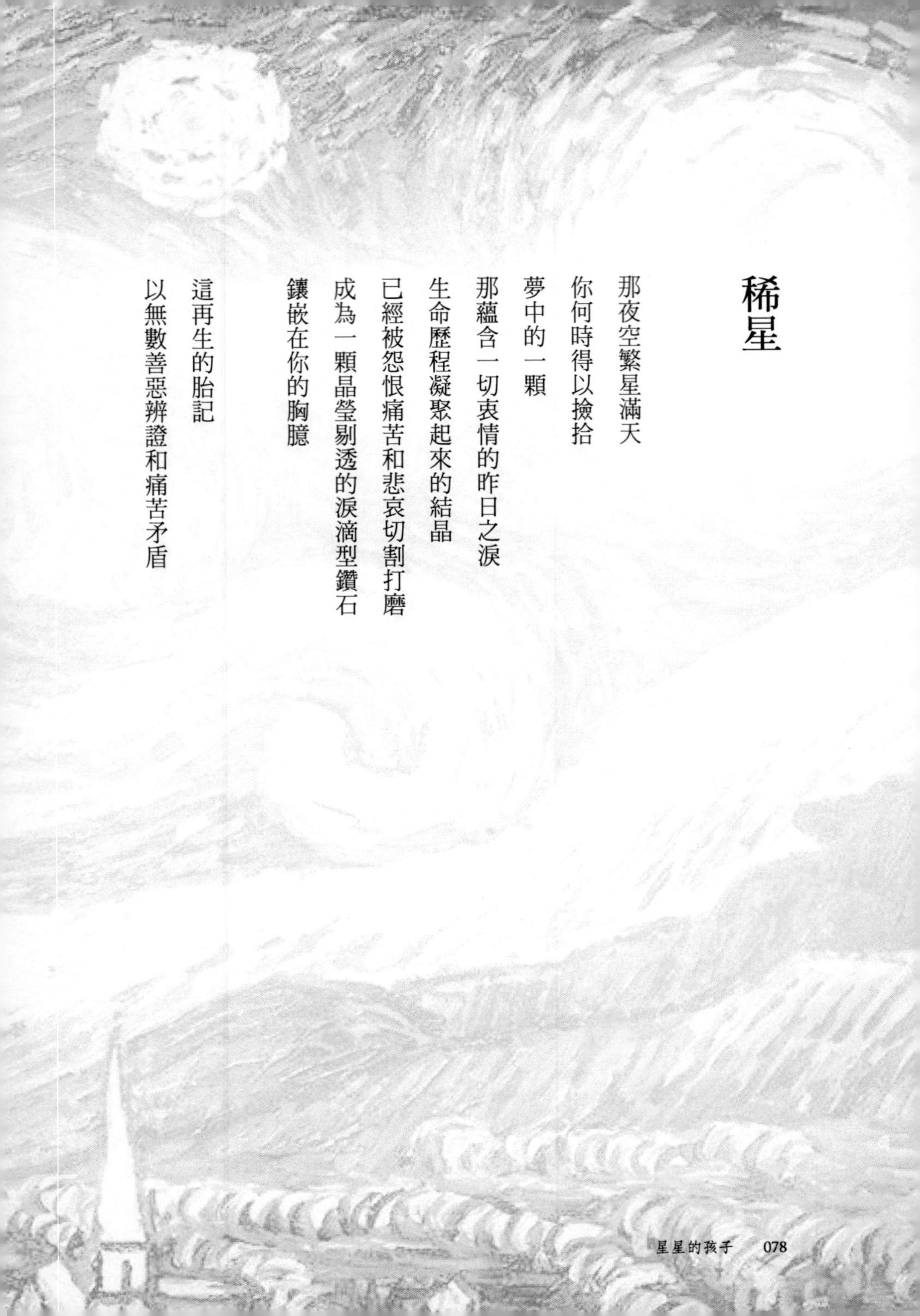

稀星

那夜空繁星滿天
你何時得以撿拾
夢中的一顆
那蘊含一切衷情的昨日之淚
生命歷程凝聚起來的結晶
已經被怨恨痛苦和悲哀切割打磨
成為一顆晶瑩剔透的淚滴型鑽石
鑲嵌在你的胸臆

這再生的胎記
以無數善惡辨證和痛苦矛盾

以多少個失眠的夜晚為代價
多麼昂貴的一顆星星！

蒲公英

星星的孩子
思無邪的頑童
無意識地扮起了名為蒲公英的強颱
將小蒲公英吹向天空
吹向遠方
一個搞破壞的惡趣
是潛意識裡潛藏的叛逆嗎？

隨風飄飛的蒲公英小飛俠
是宇宙大爆炸後掉在草地上的星星
但是他忘記他的父親在何處
他有一個叛逆的靈魂

那起於草莽的無賴
年輕時在街坊欠錢沒還
把儒生的帽子摘下來尿尿
兒時亦曾在野地裡下意識地
吹起無數叛逆的蒲公英吧

—大風起兮　雲飛揚—

飛吧！孩子！
儘情飛吧！
飛向四方！

星星醒醒

星星！醒醒！
為何你變得這麼晦暗
讓那星星的孩子也意氣消沉

星星！快醒來！
時間怪獸要比你的鬧鐘起得早
再不起來
那孩子一下子就會被時間怪獸吃掉
只剩一把老骨頭

星星！快把星星的孩子叫起來
天已經亮了

別讓太陽曬到他屁股
難道靈魂的意志勝不過昏沉的肉體？

乞丐

喔！行乞者
為什麼你不在銀行前
卻在街頭向比你還窮的人行乞？
你知道嗎？
那來來往往的人
都是乞丐
穿金戴銀的乞丐！

貪求財富的
是金錢的乞丐
戀棧權位的
是權勢的乞丐

奢求名望的
是虛名的乞丐
迷戀愛情的
是愛的乞丐

喔！星星的孩子
你是哪一種？

世上也有那舍衛城的乞食者
你可認得出他來？
他可是偉大的乞丐呢

每一個人都是乞丐
都需靠別人才能活下來

不管你乞求的是什麼
你卻吝於付出嗎？

喚靈

喔！冥頑不靈的孩子
怎麼會忽然想召喚什麼東西
那個你不知道是什麼
卻覺得是你欠缺的
很重要很重要
比生命還重要的東西

喔！是愚蠢還是闊氣
你把金幣丟進乞丐的碗裡
製造出階級
也把他變成強盜
你終於懂了

他真正欠缺的不是金錢
星星的孩子啊！
你欠缺的
去向那偉大的乞丐乞討吧

清風明月都可愛

有沒有人告訴你
神聖的東西
不可隨便碰觸
神聖的願望
不能隨便祈求
你不了解的幸福
也不能隨便想像

所來自的那個地方
你已經迷失了
你也不知道要怎麼去

但是奇妙的是
當你不想去哪裡
也不想求什麼的時候
忽然覺得清風明月都可愛
你記起來了
你是從一束星光中誕生的
不必哭著來的靈魂
總是伴隨著清風明月

醒來的時候

當你從昨夜
不知不覺睡著的身體
再度醒轉
而連結了似乎在昨夜被死亡終結的生命
從悲劇的噩夢中復活

住居在你活著的意識中
蘊藏著生命一切可能的頭腦
忽然甦醒了一般
感到悲劇生命隨著昨日的死亡而死亡了
也一並刷新了昨夜死去的生命的肉體

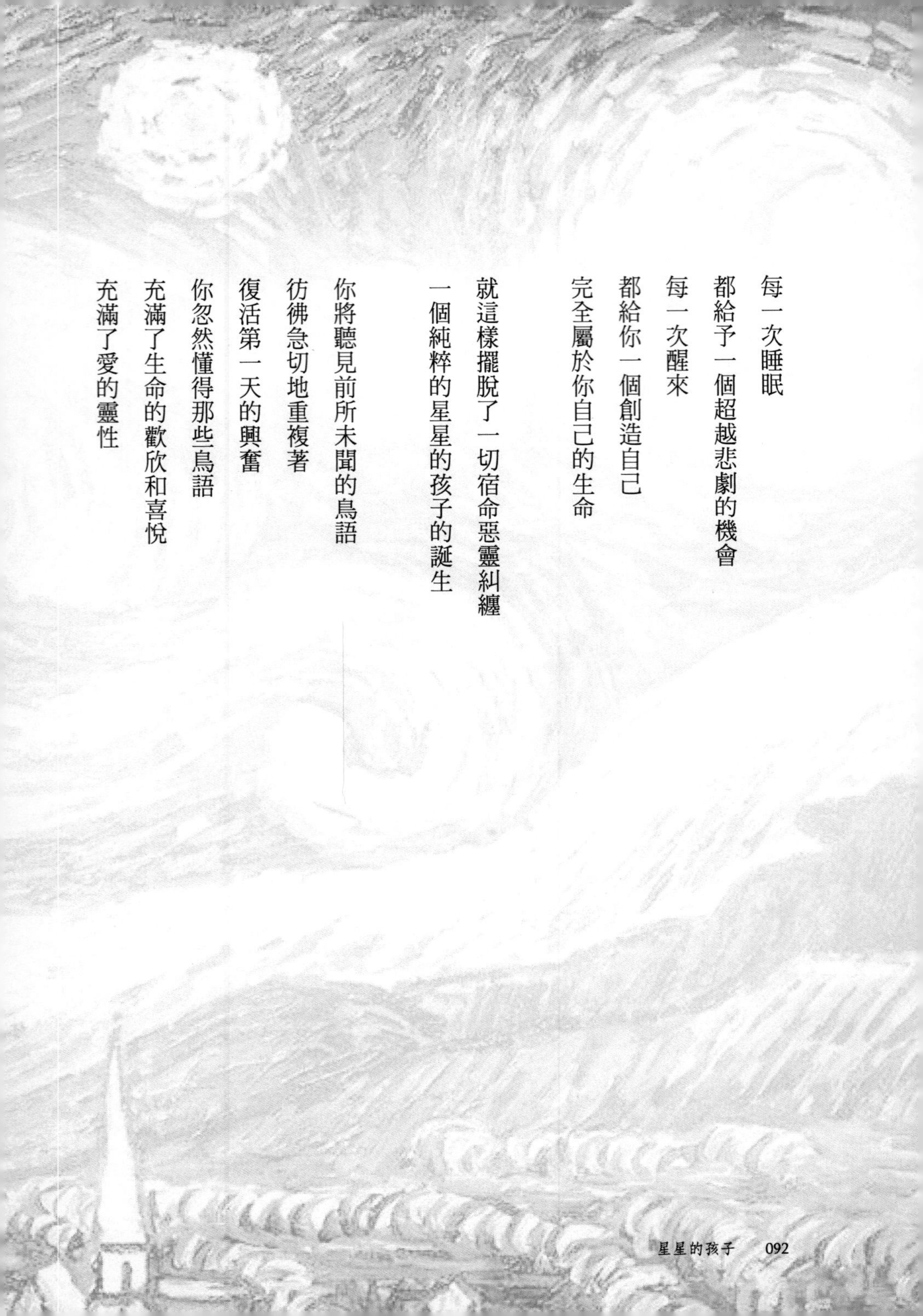

每一次睡眠
都給予一個超越悲劇的機會
每一次醒來
都給你一個創造自己
完全屬於你自己的生命

就這樣擺脫了一切宿命惡靈糾纏
一個純粹的星星的孩子的誕生

你將聽見前所未聞的鳥語
彷彿急切地重複著
復活第一天的興奮
你忽然懂得那些鳥語
充滿了生命的歡欣和喜悅
充滿了愛的靈性

無需施捨
也無人乞求
沒有尊卑
不必爭奪
無恩亦無怨
即使是頃刻間的頓悟
牠們是最靠近天堂的族類
我亦覺得跟牠們是那麼近

小蝸牛

你有沒有看過蝸牛跳舞？
有誰聽過蝸牛唱歌？

留下一道爬行的足跡
這永遠從容不迫的生命
讓人遐想靜悄悄的夜
祕密行進著
宇宙的終極方向
啊！無人留意的夜
彷彿緩慢爬行的蝸牛留下見證
牠曾如何抬著頭
向星空伸出兩隻觸角般的眼珠子

牠遲緩的爬行一點也不費力
一點也不痛苦
猶如智慧的老人
走著人生的彩虹路
牠探觸星空的天線般的眼柱
如哲人一般寧靜
將宇宙盡收眼底
牠看見億萬年的星光
也看見了你的誕生
牠比你未曾看過的祖先還老
牠可以告訴你的
比你的先祖可以告訴你的還多
比任何人告訴你的還有趣
有人曾像牠那樣

那麼緩慢地沉靜地
像慢鏡頭攝影般
觀賞到宇宙星空緩慢的運轉嗎？
他害羞的小眼珠中有一個靈性的小鏡頭
將時間的流轉看得一清二楚

意外

唉呀！不好！
從巢裡意外墜落的雛鴿
摔死在地上
那又冷又硬的地
牠不該以這種方式降落

牠的翅膀還沒長硬
未替的初羽
絨毛下依稀可見裸露的疙瘩皮
死亡的蒼白
拼命向母鴿叫餓而長得特別長的鳥喙微微張開

牠多麼饑餓！
但更可能是最後的哀鳴！

星星的孩子啊！
不知道世間悲劇常有
問道：牠怎麼不飛呢？牠為什麼會掉下來呢？
牠的爸媽在哪裡？

對於悲劇的種種
星星的孩子有很多不解
每次看到天空飛翔的鴿群
他就想起這隻摔死的雛鴿
總想能為牠做點什麼
這樣的執念頑固地陪他長大
直到有一天在夢中

長出了悲劇的翅膀
在星空中飛翔
旁邊伴著唱頌歌的天使
像湛藍天空中飛著白色鴿群

什麼是愛

星星的孩子
從小問到大
問別人
也問自己

有人說：愛是快樂的翅膀，帶你飛起來
也有人說：愛的翅膀是蠟做的
飛得太高一近太陽就融化了

大多數人只有在夢中才有翅膀
但是有更多的人
一輩子沒長出翅膀

連作夢也長不出翅膀
他們不知道愛是什麼

瞇瞇眼

彷彿躲在她瞇瞇眼淺淺的笑意中
和你捉迷藏
教你永遠捉不到

從她的瞇瞇眼
飛出一些可愛的小精靈
在叢林裡跳舞的精靈
在空氣中忽隱忽現
若即若離
你越追蹤
越迷失自己

那是你要尋找的東西嗎？
那些精靈都長著透明的翅膀呢！

星星女孩

長著翅膀的還有那蝴蝶
牠也是從一束星光中誕生的孩子

就如蝶翅上的星星點點
星星女孩臉上長著淡淡的雀斑
人人都讚嘆那些星星
即使到了一百歲也還認得她
星星的女孩永遠年輕
那一同觀看的夜空
一起觀賞的流螢
也和記憶中一樣年輕

喔！不老的孩子
你能從記憶中找到你要找的東西嗎？

悲劇意識

喔！星星的孩子
為何你常常想到悲劇？
你是從一束星光中誕生的
曖曖含光的孩子啊！
那苦瓜藤一般的臍帶早已剪斷
那該是你最後的哭聲
而非初啼！

你看見光了嗎？
你看到你自己了嗎？
那微微發光的孩子就是你啊！
如果你能看見自己

就也能照亮別人

他的哭
只是肉體上的
他的笑
則是從靈魂發出的光

如果你不貪求肉體的快樂
你就不會常常感到悲哀

星星的孩子！
別太早定義悲劇
如果悲劇是一片黑暗
你會在黑暗中看見光
那正是你要尋找的地方

悲劇的精神
就是靈魂的發光

芭蕾舞者

芭蕾舞者在平衡中打破平衡
試圖創造新的平衡
躍起吧！星星的孩子
如你靈魂的飛躍
旋轉吧！星星的孩子
如宇宙永恆的動力
不止息旋轉

那轉動季節
牽動靈魂
從美與力的中心
去看見四季

彷彿沉醉在靈魂出竅的旋轉
正如星群在離心力與向心力的作用下
陶醉在愛情的神奇中

愛情的洗禮

星星的孩子啊！
每一個人好像都有愛的故事
成功或失敗都沒關係

庸俗的愛情固然不能昇華一個人的靈魂
但是一輩子沒有愛過的人
那才是真正悲哀的人！
但是也有那愛得太容易的人

愛是很難悟解的精神
因為靈魂和肉體互相滲透糾結
以致於產生很多故事

星星的孩子啊！
在一束星光中誕生的孩子
你的愛情需要一個宗教的洗禮
在銀河中洗禮
即使你曾有一個不幸的愛情
那可能就是一個洗禮
你的生命將煥然一新
準備好領受一個同樣在一束星光中誕生的愛情
或許你的探險
就在其中完美成就！

來自太空的呼喚

星星的孩子啊！
我這樣殷切地呼喚你的時候
其實是在呼喚著我自己
有如空谷回音
來自穿越時空
另一個星星的孩子的呼喚
如此親暱
如此殷切
彷彿來自內心
而你，就如此刻的我
以可以感知

且可觸及的血肉之軀
如此細緻地存在著
不管你在哪裡

或許你正臨窗
沉靜回味你的人生
不管你經歷過什麼
或許你不經意地從雨窗
看見太陽雨中的草坪
一片朦朧蒼翠

星星的孩子啊！
此刻，或許你正呼喚
如我呼喚
或許你正聽聞

如我所聞

我感知你的呼吸
如同我此刻的呼吸
你的心
像一個聽話的小孩
亦如我此刻的心
溫柔地、輕輕地
在音樂中打著拍子
喔！星星的孩子
你該如此呼喚
亦該如此聽聞

難難難

楓紅落盡
又是杜鵑怒放的季節
這世間多麼繁華繽紛
何來啼血的杜鵑？

瞧那姹紫嫣紅雪白
兀自爭妍鬥豔
想起至親那靈堂佈置的花圈花籃
何其相似？

星星的孩子啊！
誰能消受這樣荒誕喧鬧的俗世

也傾吐無處
只有暗自冷冷地笑笑！

星星的孩子啊！
別問我
冬天快到了
到時去問梅花吧
如果不成
就等到夏天
再去問蓮花吧
如果還不行
那就別問了
星星的孩子啊！
不是所有的問題都得有個答案
你慢慢就會懂的

你該畢業了

星星的孩子
你該已讀過所有的勵志書
你早該畢業了

你也讀了許多偉大的人
喔！星星的孩子
希望你不會變得自卑

那些偉大的人
也是從一束星光中誕生的孩子
他們的偉大不在他們的功業
而在他們的靈魂

你要找的東西
不在他們胸前的勳章
而在那道隱形的光
你也應當有的光

每次鳳凰花開的季節
驪歌處處唱起
我就想這樣吶喊：
你該畢業了！

說教

不要忘了我說過
當我呼喚著你的時候
其實是在呼喚著我自己

你感覺到的那份熱切
無懼坦露私我的一切
欲望、痛苦、自私、害怕、羞恥
不是在對誰說教
而是對自己的探索
呼喚自己迷失的靈魂
而這些不足為外人道也的私密
正是靈魂探索的入口

有人唱著：我一定要成功
也有人這樣說教
啊！多麼功利、多麼庸俗！
多麼自負的說教者！

成功製造出階級
製造出成功者
也製造出失敗者
喔！可憐的失敗者意識
受壓迫的隱形階級！

每一個靈魂都是從一束星光中誕生的
要這樣相信自己
這樣去探索

聖潔的自戀

星星的孩子啊！
這樣的呼喚已千遍萬遍
如果你聽到了這樣的呼喚
以為那是對你的呼喚
那是你靈魂的耳膜聽到的
而那原本是我在呼喚我自己
那從一束星光中誕生
微微發著光的孩子
想想你自己也是
你的生命就更新了
而你就是我
喔！這聖潔的自戀！

花季

喔！那含悲的花之容顏
永恆地超越了季節一時的枯榮
你該如此超越！
我聽到了如此的呼喚

喔！受苦難考驗的靈魂
別讓你的容顏變醜
你該如此超越！

我聽過詩人的悲歌
永恆地超越了對靈魂的煎熬
喔！多美的哀歌！

在時光的空谷中迴盪
讓悲哀滿腹的生命
在百年千年後還可聽到
喔那不絕如縷的歌聲
我如此聽聞了
星星的孩子啊！
你也聽到了嗎？

昨日鐘聲

那鐘聲遙遠
如漣漪輕蕩
誰說水無痕？

所有的鐘聲都遙遠
不為你敲響
那俗世的鳴響
我聽得特別仔細

徘徊又徘徊
你在鐘聲外徘徊
在季節外徘徊

喔！那趕集般的花季！
我心中自有一個花鐘
叮叮噹噹鳴響

外星人的耳膜

星星的孩子啊！
你該已長出外星人的耳膜
那來自星際的聲音
你聽到了嗎？
你也應聽到那花開的聲音
星星上還未被認知的花季

有如調頻收音機
你的生命以一種頻率震盪
和過去聽不來的音律共鳴
且手舞足蹈
有如更新的生命

又如電腦自動翻譯機
你將能聽出詩人的弦外之音
和他人的難言之隱
喔！複雜的人間
在星星上不存在
你以一種聖潔的單純輕鬆超越
所有的愛恨情仇也將更新
你是從一束星光中誕生的
每個人都是
起碼你也該試試

喂！喂！
喂！喂—
聽到了嗎？
聽到請回答

救贖

繁華以虛幻的假相欺騙缺乏想像的窮漢
星星的孩子啊！
如果你有一個貧窮的心態
你將永遠貧窮
以致於妒羨那些比你還窮的人
他們在一片繁華中怡然自得
且比你快樂滿足

我永遠記得
一個窮小孩看著富家子的那種樣子
那眼神讓人憐惜又害怕
難道他不也是星星的孩子？

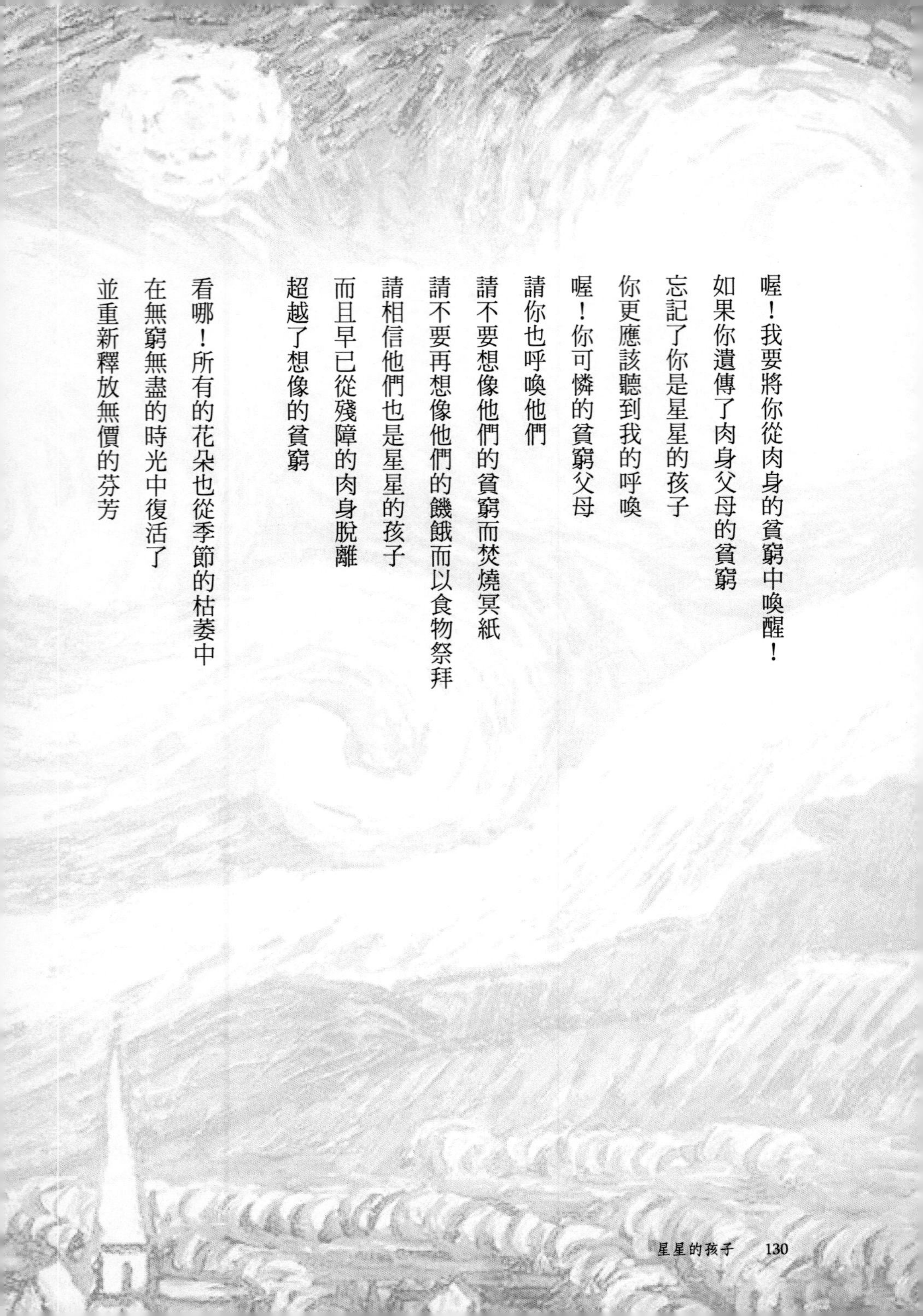

喔！我要將你從肉身的貧窮中喚醒！
如果你遺傳了肉身父母的貧窮
忘記了你是星星的孩子
你更應該聽到我的呼喚
喔！你可憐的貧窮父母
請你也呼喚他們
請不要想像他們的貧窮而焚燒冥紙
請不要再想像他們的饑餓而以食物祭拜
請相信他們也是星星的孩子
而且早已從殘障的肉身脫離
超越了想像的貧窮

看哪！所有的花朵也從季節的枯萎中
在無窮無盡的時光中復活了
並重新釋放無價的芬芳

所有的曠野都免費供野孩子奔跑
所有的山澗野溪都如此清澈
洗滌貧窮
啊！星星的孩子
願你洗滌自己的貧窮
也如此洗滌先人
也願你洗滌悲傷

貧窮的大畫家

喔！貧窮的畫家
如今你已變得非常富有
並繼續畫著富人喜歡的畫
而且越畫越大
連那最大的豪宅也無法容得下
好大喜功的富人不滿足自己的豪宅
正裝潢一棟更大的豪宅
而畫家心中竊喜
畫著更大的畫

喔！可憐的富人
永遠覺得自己的豪宅不夠大

他可是住過鄉下破房子的小孩
如今他可以向人炫耀他的豪宅
但是可憐的畫家自己知道
他無法炫耀自己的藝術
他出賣的是自己的靈魂
他的畫只成為豪宅牆壁的裝飾品
他的自畫像富人不要

喔！星星的孩子
具有天賦的藝術家
別再畫那些沒有靈魂的畫了
你早該拋開你的貧窮了

富人啊！想想那擁有全天下的皇帝
住在紫禁城

卻在宮門外的梅山上吊的皇帝
你的房子能比他的大嗎？

自己發光

有人用哀傷的歌聲唱著快樂的歌詞
有人為歡樂的歌詞譜上悲哀的曲調
喔！星星的孩子
你該怎麼聽呢？
喔！這荒誕人世的詠嘆調
你聽得懂嗎？
是那譜曲者的生命已定了調
或那作詞者言不由衷？
有如一面扭曲的哈哈鏡
胡亂反射也是由鏡子反射過來的光
這世上看起來光芒四射的
都是這樣的反射光

喔！詩人！喔！藝術家！
你是從一束星光中誕生的孩子
你該自己發光！

螢火蟲之歌

一閃　一閃　亮晶晶
遍地都是小星星
飛向西來　飛向東
自由自在的小精靈

一閃　一閃　亮晶晶
滿天飛著小星星
不怕雨來　不怕風
勇敢快樂的小精靈

一眨　一眨　亮晶晶
寶貝眼中笑著小星星

不怕閃電　不怕雷
勇敢長大的小星星

摘星

喔！星星的孩子
你愛做那摘星的夢嗎？
要懂得跟你一起靜靜欣賞流螢的溫柔
星星的孩子啊！
最珍貴的星星就在你身旁

那用盡所有心思
想要讓你看他一眼的人
是那從一束星光中誕生的孩子
你看到他眼中的星星了嗎？

甜蜜的哀傷

無數的星星
無盡的回憶
迷失而又重逢
帶回你曾經歷的滄桑
多麼神奇的時光機器！

像口袋裡一把溜來溜去的玻璃彈珠
願你的回憶有星星陪伴
有宇宙的深沉和包容
還有無限的溫柔
在那恬靜的星夜
有縹緲的芬芳

和永不疲勞的星星的嗅覺
喔！這樣優雅溫婉的回憶
星星的孩子啊！
那記憶是要使你變美
而不是要使你變老的！
那詩人的哀歌
是星星的孩子用稚嫩的聲音唱出的童謠
只有靈魂的耳膜聽得懂

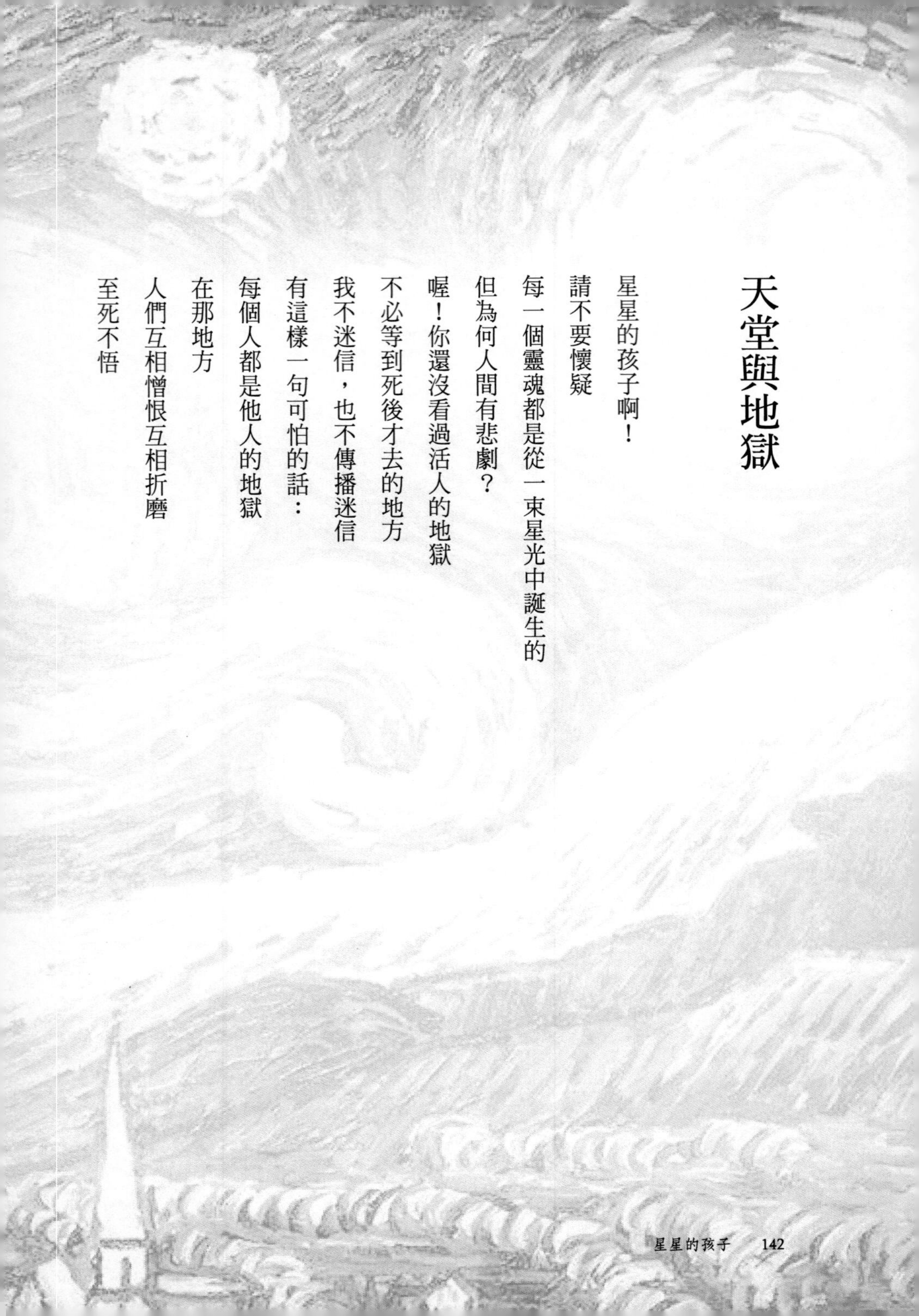

天堂與地獄

星星的孩子啊！
請不要懷疑
每一個靈魂都是從一束星光中誕生的
但為何人間有悲劇？
喔！你還沒看過活人的地獄
不必等到死後才去的地方
我不迷信，也不傳播迷信
有這樣一句可怕的話：
每個人都是他人的地獄
在那地方
人們互相憎恨互相折磨
至死不悟

就是這樣的地方
人們互相詛咒他人下地獄
喔！這個血淋淋的人間地獄
他們的肉身就是在血淋淋中生下來的
但同時有一個靈魂從一束星光中誕生
星星的孩子啊！
你的天堂在哪裡？
難道你的天堂不在人間？
喔！星星的孩子
地獄是通往天堂的必經之路
既然地獄在人間
那麼天堂也在人間

喔！勇敢的孩子
只有通過悲劇的洗禮

你才能真正長大
成為很美很美的人
因為你看見了醜陋
但是你不憎恨他們
你憐憫
憐憫他們可悲的靈魂
尚在血獄中掙扎
永遠饑餓
永遠不滿足
永遠活在自己製造出來的地獄中
也一直把別人拖入他的地獄
喔！可悲的人
可悲的殘障！
心靈的殘障！
但願他能脫離他的地獄

每一個人都在悲劇中有一個角色
喔！星星的孩子
你扮演哪一個？
你扮演善意或惡意
有意或無意造成的
他人的地獄

星星的孩子啊！
這些殘酷的話如果你聽不來
那你可能是佔盡人間便宜
不知人間疾苦的幸運兒
你可能活在沒有夜晚的平行宇宙
你的天堂是你的
不是大家的
但願你的天堂

是如如實實的人間天堂
不是他人的地獄！

天堂的地板

這樣的心情
下著這樣的雨
冷冷地下著
星星的孩子啊！
你已經承受得起這冷冷的雨
和不堪的記憶
這人間的冷雨
讓你心中的火種愈燒越旺
在這人間的地獄之上
你必須起造人間的天堂
有血有淚
有汗水澆灌

開拓者的天堂
不是掠奪者的天堂

掠奪者的天堂
是他人的地獄
沒有創造的光榮與智慧
只有地獄火般吞噬一切的貪婪
其實他替自己創造了無間地獄
他們可悲的生命
只是殘障的肉體
很快就要焚燬
他們忘記了自己是從一束星光中誕生的孩子
願他們能在某個時刻看到自己靈魂的微光
我憐憫這些殘障！

風中的鳥鳴

那聲聲入耳的鳴叫
你聽得出那種執著和殷切嗎？
似乎不願放棄的呼喚
呼喚迷失的靈魂般
不斷重複

是否因為生命短暫
記憶也相對短暫
所以一切很快就會變得虛幻
就如那急切的飛行
如時光飛逝
所以有那急切的呼喚

有那可怕的孤獨
牠了解生命的短暫和虛幻
有如不斷呼喚著：星星的孩子！星星的孩子！
那迷失在地獄裡的孩子！
我聽到了這樣的呼喚
也學著這樣呼喚著

未可知的事物

人來又人往
未可知的路途
未可知的旅人
不可知的下一刻
喔！匆匆趕路的人
我看見你的身影
你的急切
你看不見自己的樣子
我不知道你的故事
但我看見你的生命
在那人間的道路旁

總有一排家屋門戶緊閉
多麼神祕的人家

總有一個陌生人
或某個焦急等候的人
等候不可知的未來
星星的孩子啊！
對可怕的未可知的事物
你未曾在心中滋生這樣平靜的溫柔！

太快樂的靈魂

噓！仔細聽！
你太快樂的心
像一群嘈雜的小孩
自顧自地瘋狂玩鬧
聽不到一個呼喚
痛苦而微弱的呼救聲
就在你身邊

更多的是不願呼救的人
咬緊牙關默默承受他們的苦難
喔！傲骨的靈魂
你看得到他們嗎？

快樂是什麼

母親節快樂！
我向剛剛死去的媽媽
不快樂的媽媽說：母親節快樂！

父親節快樂！
我向死去很久的父親
不快樂的父親說：父親節快樂！

母親節快樂！
我向比母親更母親的阿嬤
不快樂的阿嬤說：母親節快樂！

父親節快樂！
我向比父親還父親的阿公
英雄氣概快意人生
灑脫的阿公說：父親節快樂！
除了得意的事
什麼也不說
他或許覺得痛苦是弱者的表現
也是一種恥辱

他們都是星星的孩子
但都活得不一樣
我的阿公說：
不要活得憋屈
也不要活得齷齪

但他把所有的不快樂都看在眼裡
卻一點辦法都沒有

飄逸

那些糾纏不清的
那些不相干的
那些被輕忽的
或者更多被遺忘的
都如那已逸散的花香

喔！一夜奔放的野花
大自然的生命！
活跳跳
未曾被捕捉的意義
好像仍活跳跳地

被混亂和死屍所塞滿的生命
可悲的記憶
因那突然襲來的一陣花香給驅散了
喔！靈魂的嗅覺永不疲勞
喔！新的嗅覺
重新組合了生命
你嗅到了生命的新氣息了嗎？
那淡淡的花香
這樣淡淡地飄逸

傻乎乎地

曾經那麼鄰近
那麼醒覺的星子
喔！那麼純粹的自己！
迷迷糊糊的

那時不懂得對一顆星星說話
當然也聽不到星星對你說什麼
糊裡糊塗
那樣傻乎乎的模樣
也真是可愛！
誰在許願？

誰在聽？
誰不許願？
誰在乎？
喔！星星的孩子
你只是這樣傻乎乎地
純粹得像一個孩童
乖乖地

思無邪

我要！
我不要！
我要！我不要！
我不要！我要！

星星的孩子
有時真像個孩子
喔！但願你保持純真
但願你要到你要的
也能不要你不要的

可怕的一課

你如何地從噩夢中驚覺過往
如何地在幻覺中捕捉未來
而一個絕望的人還希望什麼？
禪師教導人們活在當下
難道所有牲畜不是？
樹林中穿梭飛翔的鳥禽
在這世上和天堂有什麼不同？
花叢中翩翩飛舞的蝴蝶
那麼輕盈
除了春天和花蜜
難道還求什麼解脫之道？

活在當下！
這道理大家能懂
但要是死了呢？
禪師說：諸法皆空

星星的孩子啊！
如果你經歷過靈魂的死亡
而且復活了
你將不再害怕肉體的死亡

隱形神經

詩人啊！星星的孩子啊！
如果你的詩不能拯救這世間
甚至連你自己也拯救不了
你的感性與現實何干？
與他人何干？

醫師拯救肉身
禪師該拯救靈魂
但他卻說：諸法皆空
好像這世界所有的一切
包括你
都是虛幻的

原來就不存在的
這不就是否定了當下了嗎？
那這空無的存在有什麼意義呢？
多麼矛盾！多麼唯物！
連靈魂也一起否定了！

星星的孩子啊！
詩人的肉身或許從無到有
又從有到無
但他的靈魂創造了詩
他是從一束星光中誕生
跟著肉身一起長大
一起經歷快樂
一起瘋狂
一起經歷痛苦

一起流淚
甚至可能一起經歷肉體的死亡
然後將這些一起超越

然而靈魂必須先能摸到
和肉身連結的隱形神經
才能加以超脫

物的慾望和佔有
觀念的執著及好惡
甚至掌握世界的想像
誰對你應許了這些？
你該看看那些挫敗的人
絕望的人
在肉體死亡之前

他們的靈魂早就死了
我同情這些行屍走肉！
喔！也有那惡貫滿盈的勝利者
活跳跳地在人間奔競
直到他的肉體的死亡
還沒有發現那隱形神經就死亡
沒有救贖希望的死亡！

在失去你自以為擁有的最重要的東西
而萬念俱灰形同死亡的時候
你突然領悟那是你肉身強烈的我執妄念
那就是連結靈魂的隱形神經
沒有什麼東西是你的
就算你是帝王
如果沒有失去的痛苦

你可能就摸不到那條隱形神經
斬斷了這隱形神經
你的靈魂就復活了
星星的孩子！
你感受到靈魂的自由了嗎？
那些因為你的執著和他們的執著而痛苦的人
也該還他們靈魂的自由
每一個靈魂都是從一束星光中誕生的
他們也應該自己找到自己的光

我的詩不是我的

星星的孩子！
你的父母
不是你的！
你的配偶
不是你的！
你的子女
不是你的！
甚至你也不是你的！

懂了嗎？
從你看到這一行字的此時此刻起

我的詩
不是我的！

真人無夢

每一次睡眠
都如一次死亡
每一次醒來
都如一次復活
但這是無意識的死亡
無意識的復活
糾結著現實和夢的死亡
以及糾結的復活
一時的復活！
斬斷那條隱形神經後的睡眠
成了沒有夢的睡眠

既無噩夢也沒有美夢
喔！多麼平安的睡眠
仍然是在殘酷的或慈愛的現實中的睡眠
卻是不糾纏現實也不糾纏過去
沒有牽掛的睡眠
真人的睡眠
而從這樣純粹的睡眠醒來的一天
對過去的一切不再痛苦
也不再計較

星星的孩子啊！
你有什麼樣的睡眠？
你醒來的時候是什麼感覺？
你是否記起來你的初誕
感覺到自己純粹的狀態

沒有過去
只有未來
你看著這新的世界
充滿生機和可能性的一天
感到平安而無懼
這才是真正的復活！

詩人佚其名

那不斷復活的蝴蝶
在花叢中
在空中
靈魂的舞姿
喔！那是蝴蝶的靈魂
不死的靈魂！
你也向它招招手吧

如不死的蝴蝶
在你的靈台翩然飛舞的一行詩句
是千百年來不斷在你心靈中復活的聲音
喔！詩人佚其名而存其神！

沒有意志需要自由

喔！生命可怕的慣性
趨向無意識的生命養成
那尚連結著肉體的精神
還在無意識的渾沌中
糊裡糊塗隨著肉體團團轉
有所謂的意志
有所謂的心志
既是肉體的
又是精神的
有時肉體驅使意志
有時意志強迫肉體
喔！星星的孩子

這不是純粹而自由的意志
那割斷了隱形神經的自由的靈魂
不需要折磨肉體的意志
那殘酷懲罰肉體和精神
剛強而執著的意志
得到某種病態的快感
喔！這病態的意志
正斲喪純粹的靈魂
那從一束星光中誕生的靈魂

有如汩汩湧出的活泉
孩童們快樂的精神
那肉體和精神一致的靈魂
在陽光草坪遊戲追逐
來追我啊！來追我啊！

來追我啊！來追我啊！
不知是肉體追著靈魂
或靈魂追著肉體
孩童的遊戲精神
意志本來自由

靈魂的鏡子

好可怕！好奇怪！
人類的臉長這個樣子！

你在動物園看到各種動物
牠們都有相同的臉
唯獨人類
長著各種各樣的臉
用動物的臉不能形容的臉
那就是他們的靈魂的臉
但是你得有一面靈魂的鏡子才能看見

我靜靜地坐在電視螢幕前

觀看那些比動物園的動物更有趣的臉
有些叫起來像狗
有些像貓
也有些像唱歌
那大半是他們的肉體的聲音
有時也聽得到靈魂的聲音

人們應該看看自己的樣子
聽聽自己的聲音

你害怕看見自己嗎

有鼻涕沾了泥巴一抹
村童清純的臉
畫了仁丹鬍的一撇
無畏地用他清澈的大眼睛
直面靈魂的鏡子

不管他生在什麼樣的窮鄉僻壤
不管他長在如何凶險扭曲的年代
喔！值得敬畏的靈魂
沒有塵世的骯髒能汙染的靈魂
這星星的孩子的臉
從一束星光中誕生的靈魂

值得讚頌的純真
曾經是村童的你
如今看見自己長成什麼樣子了嗎？

新的一天

一覺醒來
你感覺到這新的一天了嗎？
那慣聽的幾組鳥語
彷彿第一次聽到
由一個新的心靈聽到
不強作解人
你的心已飛到林子裡
與那些天使一起

喔！你的伊甸園
水晶般的天地
痛苦的靈魂與那裡不相容！

那清新芬芳的空氣
你能呼吸到嗎？
那歡欣綻放的野花
你能如同它們一樣綻放嗎？
這一切是那蝴蝶此生的盛宴
喔！星星的孩子
你的靈魂當如那蝴蝶輕盈
且無懼寒冬的來臨
也不擔心夏季的風暴

喔！星星的孩子
如果你能贏得這一天
你就能贏得這一生！
沒有意志需要自由
這一天本該是這樣的一天

新的連結

這一碧如洗的青
唯有同樣美麗的眼睛
去沁染你無色的靈魂
使你的肉眼能夠看見
但這是靈魂的視覺
我要讚頌這樣的視覺！

土地肥沃的地力
陽光的熱量
空氣中看不見的元素
使花草樹木勃發滋長
還有共同呼吸的

你旺盛的生命力和精神
那樣的交融狀態
你感受到了嗎？

那蜂蝶蜻蜓
尋尋覓覓
它們不迷失肉體
也不必尋找靈魂
狀似瀟灑
或不眠不休
與宇宙同工
對生命不曾有一刻懷疑
它們是這樣活下去的
星星的孩子啊！
你的靈魂找到你的肉體了嗎？

或你的肉體找到你的靈魂？
你找到生命內在宇宙的方向與動力了嗎？
喔！生命的枝枝節節
它們的分歧
你能了解其奧祕嗎？

宇宙狀似永恆不變
生命永遠有新的一天
那若即若離的隱形神經
你找到新的連結狀態了嗎？
就如那蜂蝶
不必期待
沒有恐懼
它們的羽翅
自然會找到肉身和氣流共同震盪的頻率和自由意志

或嗡嗡作響
或悄悄然

撲朔迷離

似曾相識的季節
似曾相識的雨
落在似曾相似的身子上
喔！也那麼似曾相識
撲朔迷離的情境
喔！那渾沌的宇宙
也一樣渾沌的意識
望著似曾相識的天空
迷迷濛濛的雨絲
不著邊際的思緒
一個小孩在陌生的天地間長大
沒人了解他的渾沌

平凡的小孩
卻有和宇宙一樣大的謎

寄居蟹

猶如在幼小的心靈中還一直豢養著
那隻綠色的寄居蟹
牠脆弱而羞恥的肉體
找到一個死去的螺貝的殼
還真漂亮討喜的一個復活
被潑水時會膽小地縮進那貝殼中
過一回兒又小心翼翼地探頭探腦伸出手腳
不知道剛剛發生什麼事
拖著看似笨重累贅的殼
開始沒有方向感的爬行
那模樣好像也一直沒有長大
亦未曾死亡

喔！星星的孩子
如今你還來得及將牠放生
並一同想像海底世界的奇遇
喔！未曾認知的生命的尊嚴
和奇蹟般的復活的想像！
以及所謂命運的神祕

命運

很久很久以前
一個和我一樣小的小孩
也買了一隻寄居蟹
頂著一個怪模怪樣的螺絲殼
像戴著一頂灰褐色尖尖的高帽
一搖一擺的女巫

這小孩的品味
或許就是他的個性
也主宰了這隻可憐的東西的命運
如果一隻蟹也有命運的話
牠的主人對牠做各種異想天開的試驗：

一下子把牠丟入注滿水的玻璃罐中
看牠會不會淹死

看牠也不掙扎也不死
又放一把鹽到玻璃罐中
看牠會不會被醃死
有一次他又十天不餵牠吃東西
看牠會不會餓死
只因為賣寄居蟹的人告訴他
十天不餵牠也不會餓死

最惡劣的一次是
他點一根蠟燭灸烤那寄居蟹的尖尾端
直到那可憐的東西受不了灸烤脫殼而出
看著那寄居蟹光溜溜到處亂爬的模樣

他彷彿得到最大的樂趣
拍手大叫
而那可憐的東西只是眼珠子一伸一縮眨巴眨巴地
不知道招誰惹誰了
或許牠可以成為一隻蘇格拉底蟹嗎？
喔！有誰知道命運！
牠能活到知天命的年紀嗎？
你有什麼樣的一個殼呢？

有誰去過地獄

喔！不必嚇唬善良的人了
去嚇那些惡人吧
但是那些人也不會完全相信你
地藏菩薩說：地獄不空誓不成佛
他肯定去過地獄了吧
他會不會永遠得呆在地獄
並怪罪那些人或鬼？
又有那勇敢的人說：我不入地獄誰入地獄
看起來地獄肯定不是什麼好去處
但他是自願承擔的菩薩啊
在那樣的地獄
他快樂嗎？

是自虐的快樂嗎？
釋迦摩尼佛去過地獄嗎？
或他直接成佛
不去地獄了
一出皇宮就進入了人間的地獄
他發現了自己的靈魂
夜睹明星而開悟
他不就是星星的孩子嗎！

要說人間地獄
耶穌基督也去過了
有誰被門徒背叛又被族人釘上十字架
有誰比他還冤枉的？
我們個人受到的冤屈又算得了什麼！
他的復活

也就是你的復活！

詩人但丁一定也去過地獄
而且也到過天堂
他寫了神曲
顯然他有一個樂觀的想像
喔！詩人必須先入地獄
才能找到天堂！

但我們不尋找地獄
也不追求天堂
我們得先找到自己的靈魂
那超過你的肉體所能承擔的重負和苦難
就由你的靈魂光榮承擔吧！
凡是自己一個人的得失都不是什麼大不了的事

對別人那更是一點也不重要了
喔！那發著微光的靈魂！

使自己完整

喔！星星的小孩
從一束星光中誕生的時候
就注定了生命發光的本質
是要來照亮黑暗的
注定要在黑暗中找到自己
也找到自己存在的價值
同時也看到黑暗的本質
和不可測的宇宙深度
那是靈魂的藏身之處

一根火柴
點燃一個希望

一隻螢火蟲
照亮一顆有愛的心
一個燈塔
拯救千百艘迷航的船
一行詩句
可能是最後一根火柴
照出迷失的肉體和靈魂
喔！將詩人逐出理想國的柏拉圖啊！
難怪他的理想國叫烏托邦！

一段音樂旋律
讓你手舞足蹈
形神合一
喔！狂喜的指揮家
肉體和靈魂完美的結合！

一束星光將你誕生
星星的孩子啊！
你找到完整的自己了嗎？

笑笑蛇

沒有帶來災害的颱風
解除了陸上颱風警報之後
為這多災多難的島國帶來的
反而是一種意外得到的幸運
那種倖免於難的心情

一群由女老師帶到蝶園來遠足的小孩
一群野孩子！
對周圍的一切
比對老師的講解還有興趣
有的甚至無拘無束跑來跑去
喔！值得讚頌的野性

未被文明馴化的精神！

在園中的一個小角落
豎著一塊三角形的彩繪告示牌
上面寫著：小心有蛇！
還畫了一條卡通化豔色的蛇
盤捲的蛇身在昂起的頭上
長著兩隻又圓又大
彷彿充滿笑意的眼睛
有一個小孩盯著草叢看
顯得有點害怕
怯怯地問正在他身邊的我：
老師，蛇在哪裡？
他誤解了那塊告示牌的用意
以為像動物園一樣

在那草叢裡養著蛇
喜歡惡作劇的老小孩對他說：
牠會在你想不到的時候突然就跑出來
小孩臉上顯現幾分更深的憂懼來
我於是問他：你看過蛇嗎？
他想了一下點點頭說有
我接著問他在哪裡看到的
他倒是一點也不遲疑說：在三峽原住民博物館
這答案令我有點意外又失望
因此繼續追問他那蛇是活的還是死的
對這個問題他顯得很困惑
無法回答的樣子
眼中夾雜著憂疑、恐懼和困惑
然後悻悻然轉身
跑去聽女老師熱情、高亢充滿生命力的解說

這女老師就是活的啊！
不知道他懂了沒
畢竟我對他問了太可怕而深奧的問題
對一個幼小的心靈來說
這是多麼殘酷！
希望他將來的人生
有這樣的女人相伴
至於那條笑著的蛇
並不是魔鬼惡意創造的象徵
我想像那個畫著這隻卡通蛇的創作者
也長得像那盤捲蛇身昂起頭來
笑著兩隻又圓又大的眼睛
像做鬼臉一般吐著信
對殘酷人間開著玩笑的藝術家！

密碼

喔！星星的孩子！
別害怕黑暗
也不要害怕刺眼的光芒
你本來就什麼也不怕
你該這樣活下去！

喔！星星的孩子
你有一個名字
我該如何呼喚
你才會聽得到
以原初的那個你來聽到

你頭頂有一個靈台
如電報機
接收來自太空的訊號
喔！那是你的星星在呼叫
以你的名字呼叫
那是你的密碼
別人不知道的密碼
不是那眾人叫了千萬次的名字
而是那個能打開你心靈的電腦
只有你自己聽得到的
有感的名字

喔！星星的孩子！
那是你孤單的時刻
你的初戀情人

用不同於任何呼叫的聲音
呼叫你！
你如此聽聞了

喔！星星的孩子！
你也有迷惑的時候
那時你就閉上你的眼睛
將所有的幻象歸零
諦聽靈台接收到的密碼
那現實世界的聲音
你聽得特別真切
那其中有一絲清明
就是那密碼！

喔！星星的孩子！

要知道你自己
要找到你自己
要相信你自己
那只有你知道的密碼
只有你能打開的生命的開關
那真實勇敢而善良的生命
就是你！
要記得
你是星星的孩子！

投向未知的浪漫

昨天的我
不會知道今天的我
喔！這值得敬畏
並虔誠祝禱的變數

明天，勉強由今晚的睡眠予以區隔
在溫馨的晨光中悠悠醒來之前
偷偷溜進了時光錯亂的夢
使來不及消化的我
無法明晰意識自己
是什麼樣的我

那些已微妙改變的內在
將使我變成如何不同的人
這倒是可以預知的

所以，在今晚睡覺前的我
知道在明天醒來時
一個多麼不同的我
將在那邊等候著
猶如已發動引擎的車子等候我上車
要向那未知的什麼開過去

因為昨天的我
以及昨天的昨天的昨天的那些經歷
使我現在對明天的我

滿懷溫柔的情意
和虔誠的祝禱

這個我
是這樣跨越了許多未知的日子
彷彿從遠遠的鏡頭那邊
朝我緩緩走過來
一個模模糊糊的影像

【跋】

對靈魂的探索這樣一個偉大的主題，詩人那種天馬行空的思考方式，或許能在猶如探險的旅程，像誤闖禁地一般，意外發現一條蹊徑。但是求真的精神，使我對這樣一個嚴肅的主題所做的童真書寫始終抱持一份懷疑。這是對未知事物的敬畏。靈魂是神聖莊嚴的殿堂，本不該輕率褻瀆，但容許純真的兒童偶然的誤闖。而另一個事實是，不管我們活到多老，我們都像孩童一樣幼稚。

卡夫卡青年時代的文友Gustav Janouch記錄了卡夫卡和他的交往和對話。他曾對卡夫卡引述了Michael Grusemann論〈附魔者〉The Possessed作者的一句話：杜思妥也夫斯基是浸在血中的一則童話。

卡夫卡則回答說：每一則童話都是來自血與恐懼的深處。

在我的書寫的最後階段，我終於完全領悟他們對話的真正涵意。對生命的殘酷一直不願相信，不願接受，以致於變成了潛意識。至此我才發現，是這沒有被意識到的潛意識湧動的血潮，無形中推動著我的感情、思想和靈感。這是一個冒險而殘酷的寫作經驗和過程。我們每一個人莫不是在血泊裡誕生的嗎？然而同時有一個靈魂從一束星光中降臨。而他們總是互相捉著迷藏。也因此，存在永遠是個謎。

讀詩人153　PG2721

星星的孩子

作　　者　陳銘堯
責任編輯　石書豪
圖文排版　蔡忠翰
封面設計　劉肇昇

出版策劃　釀出版
製作發行　秀威資訊科技股份有限公司
114 台北市內湖區瑞光路76巷65號1樓
電話：+886-2-2796-3638　傳真：+886-2-2796-1377
服務信箱：service@showwe.com.tw
http://www.showwe.com.tw
郵政劃撥　19563868　戶名：秀威資訊科技股份有限公司
展售門市　國家書店【松江門市】
104 台北市中山區松江路209號1樓
電話：+886-2-2518-0207　傳真：+886-2-2518-0778
網路訂購　秀威網路書店：https://store.showwe.tw
國家網路書店：https://www.govbooks.com.tw
法律顧問　毛國樑　律師
總 經 銷　聯合發行股份有限公司
231新北市新店區寶橋路235巷6弄6號4F
電話：+886-2-2917-8022　傳真：+886-2-2915-6275

出版日期　2022年2月　BOD一版
定　　價　280元

讀者回函卡

Printed in Taiwan

國家圖書館出版品預行編目

星星的孩子 / 陳銘堯著. -- 一版. -- 臺北市 :
釀出版, 2022.02
面 ;　公分. -- (讀詩人 ; 153)
BOD版
ISBN 978-986-445-603-1(平裝)

863.51　　110022490